Título original: *Les princesses et les fées*
Publicado en 2006 por Éditions Hemma, Chevron (Bélgica)

Primera edición: noviembre de 2007
Segunda edición: octubre de 2008
Tercera edición: marzo de 2009

© de la traducción: Irene Oyaga
© 2009 de esta edición, Libros del Atril, S.L.
Av. Marquès de l'Argentera, 17, Pral.
08003 Barcelona

www.piruetaeditorial.com

Impreso por EGEDSA
Rois de Corella, 12-16, nave 1
08205 Sabadell (Barcelona)

ISBN: 978-84-96939-04-2
Depósito legal: B. 11,723-2009

18 historias de Princesas y de Hadas

Textos de:

Élodie Agin, Calouan, Sophie Cottin, Françoise le Gloahec,
Corinne Machon, Madeleine Mansiet, Mireille Saver.

Ilustraciones de:

Cathy Delanssay, Évelyne Duverne, Dorothée Jost,
Oreli Gouel, Virginie Martins, Jessica Secheret.

Traducción de:

Irene Oyaga

pirueta

La sonrisa de la princesa

Élodie Agin - Cathy Delanssay

La princesa Clarisa ha perdido su sonrisa. Su padre, el rey, está molesto porque su aspecto es tan triste que todos los que la miran huyen corriendo.

Sonrisa de Princesa

Un día, el rey dijo suspirando:
—Hay que curarla como sea. La princesa ha de recuperar su sonrisa. E hizo venir médicos y magos de todos los continentes. La princesa tomó litros de jarabes de todos los colores y toneladas de pastillas perfumadas. Pero todo eso no logró cambiar nada.

Un día llegó a aquel reino un marinerito llamado Malo que llevaba en su barco una hierba mágica.

Se la ofreció a la princesa, que sacudió la cabeza:

—He probado todos los remedios que me han traído y, hasta el momento, nada me ha ido bien. ¡Estoy harta! No quiero tomar nada más.

Clarisa cayó en un profundo silencio.

Malo insistió:

—Ya verás, con mi hierba te curarás. Quiero que la pruebes.

El pequeño marino tomó a la princesa de la mano y la
condujo hacia el pueblo.

En el camino se cruzaron con una anciana que cojeaba
ligeramente. Malo, el marinerito, le ofreció una brizna de
hierba. Dos minutos más tarde, la mujer corría.

La princesa y el pequeño marino pasaron casa por casa
distribuyendo la hierba mágica. A su paso, los enfermos se
animaban, les bajaba la fiebre y sus mejillas se sonrosaban.
Los dos amigos sembraron la alegría por todo el pueblo.

Clarisa corría de un paciente a otro. Sus ojos brillaban pero el montoncito de hierbas disminuía. Malo le recordaba a menudo:

—Princesa, es la última brizna de hierba. Tienes que guardarla para ti.

Clarisa no lo dudó:

—No, ese niño la necesita más que yo.

Y, en el preciso instante en que la princesa le entregó la última brizna de hierba, una sonrisa iluminó su rostro...

La princesa Cereza

Corinne Machon - Oreli Gouel

Hace ya mucho tiempo, en una época en que la magia y la brujería triunfaban, una vieja y fea hada de las zonas pantanosas estaba muy celosa de la hija del rey, la princesa Cereza.

Una tarde en que ésta se paseaba a orillas del agua, el hada le echó el más horrible conjuro y la transformó en una rana roja.

—Que este hechizo te acompañe de aquí en adelante. Sólo el beso de un mortal te devolverá tu verdadera personalidad...

Y con una terrible risotada desapareció, dejando a la princesa abandonada a su triste destino.

Bzzz

Bzzz

Bzz

Pasaron los meses, pero nuestra princesa rana no perdía la esperanza. Se sucedieron los reyes y las reinas, hasta que, un día de primavera, el rey Bernabé decidió que había llegado el momento de que su hijo ciñera la corona. Pero he aquí que el príncipe Fergus era muy melancólico y no tenía ganas de gobernar. Su padre, que soñaba en retirarse y ver crecer a sus nietos, dio un puñetazo en la mesa y gritó:

—¡Basta ya, hijo mío! Hoy, fiesta de la primavera, tienes que emprender una visita a nuestro reino.

Después chasqueó los dedos haciendo una
señal a sus servidores.

—Aseadlo, vestidlo, peinadlo y, al mismo tiempo que
lo hacéis, colocadle una escoba en la espalda para que se
mantenga tieso en la carroza.

—¡Sonríe, diablos, sonríe! —le gritó su padre como último consejo.

En los caminos llenos de baches, el príncipe se adormilaba rápidamente. La
escoba que le habían colocado en la espalda le daba un aire de monigote.
Lo despertaron súbitamente:

—Hemos tenido una avería, Majestad —dijo el cochero—. Tardaremos en
repararla. Mientras tanto, puede darse un paseo.

13

El príncipe se apeó de la carroza y se dirigió al estanque donde la princesa rana había fijado su domicilio.

—Buenos días —soltó ella en voz alta.

Los ojos del príncipe se vieron atraídos por una pequeña mancha roja.

—Estás en mi casa. ¿Quién te ha dado permiso para invadir mis dominios?

Por primera vez en mucho tiempo despertó la curiosidad del príncipe.

—Todo este reino me pertenece —prosiguió la ranita—. Llévame contigo y lo verás.

El príncipe se dejó seducir por esa idea y reemprendió el camino en compañía de la ranita, que le ponderó todas las cosas bellas de su país.

—Quédate conmigo, ranita —le suplicó—. Te daré todo lo que quieras... —insistió el príncipe cuya melancolía ya había desaparecido.

—Pero ¿me darías un beso?

—¿Un beso? ¡Vaya idea! Tu color rojo me produce ciertos reparos. No quiero verme recubierto de pústulas.

Ella sumergió sus bellos ojos sombríos en los del príncipe.
—Un beso y me quedo... —mumuró ella.

El príncipe respiró profundamente y abrazó a la rana que, en medio de una lluvia
de estrellitas, se transformó en la más bella de las princesas.
De regreso al castillo, se fijó la fecha de la boda. El rey, embelesado, se apresuró
a encargar cunas para los niños que vendrían...

El capricho de Scherezade

Calouan - Jessica Secheret

En el palacio del sultán Arbús hay movimiento. La princesa Scherezade tiene ganas de comer creps, pero ninguno de sus cocineros conoce la receta de esas extrañas galletas planas.

Scherezade da grandes saltos, grita y tira al suelo la bella vajilla.

Pero nadie conoce la receta.

Si Scherezade es una princesa conocida en todo el mundo por su belleza, también se sabe que sus arranques de cólera son terribles y que no hay que contrariarla.

El sultán, su padre, intenta que razone:

—Pero, cariño, ¿qué capricho es ése? Nadie ha oído hablar jamás de ese postre que tanto deseas.

—No es un antojo, querido papá. He descubierto esa delicia en uno de los libros que me has regalado. Viene de Occidente.

—Pero ¿sabes cómo se prepara?

La princesita oriental no tiene la menor idea de qué son los creps. Sin embargo, lo que sabe con certeza es que los quiere comer.

Pero nadie conoce la receta de ese misterioso plato que ella reclama.

La joven va a buscar el famoso libro y se lo muestra al cocinero de
palacio: se ha de verter un líquido blanquecino en una sartén, se ha
de freír y se ha de lanzar al aire para recuperarlo por el lado contrario.
—¿Has visto alguna vez cocinar de esa manera? ¿Lanzar al aire un
alimento? Ésas no son nuestras costumbres.
Ante la desesperación de su adorada y única hija, el sultán Arbús
envía a Kokún, su loro, a que se informe en los palacios de los
alrededores.

Kokún acude a casa del sultán Nidiuf, pero allí nadie ha oído hablar de esa galleta llamada crep.
Después va al palacio de Mazid donde no tiene más éxito.

Cuando llega al del sultán Bazet, el loro comienza a estar extenuado de su largo periplo. Por casualidad, parece que un joven servidor de la sultana Nora viene de muy lejos y cuenta insólitas leyendas e historias, desconocidas para todos. Se llama Marco. A las preguntas de Kokún, éste le responde:
—¿Que si conozco la receta de los creps? ¡Ya lo creo! Llevadme hasta Scherezade y yo prepararé para ella lo que tanto desea.

En realidad Marco no conoce la receta de los creps, pero se acuerda de que, cuando era pequeño, su abuela se los preparaba. Por seducir a la bella Scherezade está dispuesto a todo, incluso a inventar una nueva receta.

De regreso al palacio, llevan a Marco a la cocina y él no permite
que nadie se quede a su lado.
Estudia el libro de Scherezade, hace una larga lista de los
ingredientes que necesita y pide que se los traigan. Corta,
albarda, mezcla, remueve y añade una pizca de esto y una gota de
aquello. Todos escuchan, sorprendidos, detrás de la puerta los
ruidos que hace.

Cuando termina, presenta ceremoniosamente sobre una
bandeja de plata diez galletas doradas y azucaradas.
—¡He aquí sus creps, Alteza! —declara, orgulloso.
Scherezade los prueba con gusto y queda plenamente satisfecha.
¿Quién sabrá jamás si ésa es la receta auténtica? Desde entonces,
Marco ya no abandona a la bella joven. Para dicha de ambos.

Eglantina y Azul

Calouan - Évelyne Duverne

Desde hace muchas lunas, Eglantina cruza los aires montada en su escoba.
Ha transformado tantos apuestos jóvenes en apestosos sapos que eso ya no le divierte. Y ninguna poción mágica tiene ya secretos para su experimentada marmita.

Esta tarde, como tantas otras veces, sobrevuela el mundo con la esperanza de encontrar a un niño al que espantar, a un monstruo a quien combatir o un maleficio que echar.
Ha llegado a ser la mejor bruja de la tierra, la más temida.
Pero eso ya no le proporciona ningún placer.

Se mira en un espejo rajado por medio. Ve su nariz ganchuda coronada por una desagradable verruga, sus dientes rotos y ennegrecidos, y sus cabellos de estopa del color de las hojas de otoño.

Baja la mirada. Se ve con el mismo vestido de bruja de siempre: la larga capa negra que la cubre hasta los tobillos, sus zapatos afilados terminados en grandes bucles que le hacen daño en los dedos del pie y su célebre gorro puntiagudo que ya no soporta.

Desde hace varias noches sueña en colores y música. Se dice a sí misma que debe de ser muy placentero ser bella. Le gustaría tener una sonrisa encantadora y suaves cabellos brillantes. Se imagina elegante, con bonitos vestidos de seda.

Querría sentirse amada. Sueña que un encantador, romántico y enamorado príncipe la sube a su brioso caballo para pedirle que se case con él.

De repente Englantina oye un ruido en el silencio de la noche. ¿Son lloros? Sí, es llanto.

Ante ella, sentada sobre un banco de piedra tras pesados barrotes, llora una joven. Una bella princesa de maravillosa cabellera, vestida con ropa de delicado tisú.

Eglantina se acerca, llena de curiosidad. Vaya, esa joven tiene todo lo que ella desea y, a pesar de todo, llora.
Sin darse cuenta siquiera de lo que hace, la desdentada bruja la interpela:
—Vamos, preciosa, ¿qué es lo que te pasa?

La bella joven levanta los ojos inundados de lágrimas y responde sin recelo con una voz tan dulce que a Eglantina le corta la respiración:
—Mi padre quiere que me case con el príncipe del Bosque de Ortigas, pero yo no quiero. No lo amo. Y no deseo acabar mi vida encerrada en un castillo sin hacer otra cosa que llevar magníficos vestidos esperando que acabe el día. Quiero ver mundo. Quiero conocer otras gentes, otros paisajes. Deseo respirar otros aires. Aquí me siento prisionera.

Eglantina se coloca a su lado y murmura con su gangosa voz:

—¿Y cómo es el príncipe del Bosque de las Ortigas?

Azul levanta la cabeza:

—Dicen que es muy apuesto, pero a mí no me atrae. No me interesa. Los esponsales son mañana, pero prefiero morir esta noche antes que obedecer a mi padre.

—¿Y si te propongo un trato?

—¿Un trato? ¿Tal vez un hechizo? Transfórmame en pájaro para que pueda volar lejos de aquí y te daré todo lo que quieras…

—Estoy cansada de ser una repelente bruja a la que todos temen. Querría descansar en los brazos amorosos de un príncipe, ser servida y adorada. Envidio tu belleza y el brillo de tus cabellos, tu cuerpo engalanado con bonitos vestidos. ¿Quieres ocupar mi puesto? Yo me casaré en tu lugar con el príncipe del Bosque de las Ortigas.

Azul pone ojos como platos. La bruja es repulsiva, es cierto, pero su propuesta, tentadora.

—¿Me veré obligada a hacer daño a alguien?

—No, eso no, pero ya verás cómo todos te rehuirán y nadie te amará. Eso no siempre es divertido. Pero tal vez tú sabrás cambiar las cosas y hacerte agradable...

La dulce princesa contempla la escoba que la puede llevar hasta el otro extremo de la tierra y asiente:

—De acuerdo, acepto el trato.

Esta noche ya no vivirá tras los grandes muros de piedra y los pesados barrotes de su dorada prisión. Esta noche partirá cuan lejos desea; podrá respirar, vivir y volar, volar...

Esta noche Eglantina dormirá en un mullido lecho soñando en el bello príncipe que mañana posará los labios sobre los suyos.

Una corona de princesa

Madeleine Mansiet - Cathy Delanssay

La vida de una princesa no es del todo divertida. Ségolène se aburre en su gran castillo. Lleva bonitos vestidos, pero no tiene amigos. Durante todo el día oye los mismos consejos:

—Una princesa llama a su madre Majestad, no llora, no se ensucia la cara cuando come chocolate.

—Pero, mamá…

—Una princesa no habla con la boca llena, no camina mirando a sus pies…

Ségolène suspira. «¡Que sea pronto una persona mayor!»

¿Pero una princesa no debe dar ejemplo?

—¿Qué regalo deseas para cuando cumplas seis años? —le pregunta la reina.

La niña reflexiona y dice:

—Ese día me gustaría ser la hija del jardinero. O del panadero.

—¡Curiosa idea! ¿No te gusta ser la hija querida de un rey?

—No puedo abrazarte, mam… Majestad, por miedo a tirar tu corona. Y mi padre el rey está siempre tan ocupado que no tiene tiempo de mirarme.

—No podemos hacerte ese regalo. Eso es un capricho de niña mimada.
No se cambia de padres como de camisa o de juguetes. ¡Elige otro!

Ségolène reflexiona
un momento...

—Que Su Majestad me
permita invitar a niños
de mi edad y que me deje
vivir ese día a mi gusto.
—Te concedo ese deseo.
Invita a quien quieras.

La hija del rey invitó a los hijos de los sirvientes del castillo y a todos los niños del pueblo. Llegaron disfrazados de príncipes y princesas, con coronas de cartón en su cabeza y falsas piedras preciosas.

Ségolène se puso un vestido de campesina prestado por la hija de la costurera. Durante esa jornada, la joven princesa hizo todo lo que tenía prohibido.

Comió con los dedos, se manchó de chocolate, de confitura, se zampó pasteles de crema que le chorreaban por el vestido.

Sus invitados visitaban las salas del castillo. Cuando se cruzaban, se hacían profundas reverencias diciendo con gesto afectado:

—¿Cómo está, Alteza?

Eso les divertía mucho.

—¡Qué bien se está en tu casa! —decía extasiada Estefanía, la hija del panadero.

—Ya ves, la vida en un castillo a menudo es triste —dijo Ségolène.

—¿Quieres que cambiemos? Tú me reemplazas en la panadería y yo me instalo aquí. Siempre he soñado con ser una verdadera princesa.

—De acuerdo —exclamó Ségolène—. Me gustaría vivir con unos padres sencillos que me miren y me hablen.

—Tendrás que trabajar —añadió Estefanía.

—Vender pan, ¡qué felicidad!

Cuando la fiesta terminó, Ségolène salió del castillo con su ropa de campesina y fue a la panadería. Los padres de Estefanía se extrañaron, pero aceptaron el cambio. No era más que un juego. El rey y la reina ni notaron que su hija no era la misma. ¡Estaban tan distraídos!

Ségolène jugaba a hacer de panadera de la mañana a la tarde. El primer día fue muy divertido, el segundo tuvo que hacer lo mismo:

—Un pan redondo para la señora, dos cruasanes para el señor, un kilo de harina, una tarta de manzana…

Los envolvía, guardaba el dinero en la caja, corría al horno, volvía a servir a los clientes.

Al tercer día, estaba tan cansada que le costó
levantarse.
El cuarto preguntó:
—¿Puedo ir a pasear?
—En cuanto termines tu trabajo,
podrás salir.
Llegada la noche, Ségolène
plegó su delantal y fue a
acostarse.
—¡O sea que esto es la vida de
una hija de panadero!

Estefanía había visitado todo el castillo. Comenzaba a echar de menos a sus padres y su trabajo; echaba en falta el olor a pan. Ya no envidiaba del todo a Ségolène.

Al atardecer del séptimo día, una niña recuperó su castillo, y su corona de perlas y diamantes, y la otra, su panadería, con un rosco de pan bajo el brazo. Las dos fueron acogidas con alegría y alivio.

—Ya has vuelto —exclamó la reina abrazando tan fuerte a su hija que la corona se le cayó.

Por fin se había dado cuenta de su desaparición.

—Ya era hora de que volvieras —dijo la panadera a Estefanía—. Tu padre estaba tan triste de no verte que se le ha quemado la hornada.

Las dos niñas se reintegraron a su respectivo hogar y retomaron sus costumbres. En lo sucesivo Ségolène tiene una amiga. Ya no se enoja. Sabe que sus padres la quieren, aunque, para su gusto, sean un poco severos. A veces le apetece ir a vender pan. Y Estefanía está orgullosa de haber llegado a ser amiga de una verdadera princesa. En la panadería del pueblo, se vende ahora un pastel que se llama: «Princesa Ségolène». ¡Es delicioso!

Princesa
Ségolène

La princesa de los 999 zapatos

Sophie Cottin - Oreli Gouel

Taya es una princesa y, como todas las princesas, vive en un castillo, se desplaza en carroza y tiene al menos quinientos vestidos en su armario.

A cada vestido le corresponde una corona, un bolso, un collar, un brazalete y un par de zapatos, lo que supone la cantidad de mil zapatos.

Su mamá, la reina, ha decidido inscribirla en la escuela del pueblo. Los niños no se atreven a hablarle ni a jugar con ella. ¡Al fin y al cabo es una princesa!

Todas las mañanas, repasa con la reina su gigantesco armario para escoger los vestidos que se pondrá. Cuando está de buen humor, eso se hace rápido, pero si está de mala luna, la operación puede durar toda la mañana. Ciertos días, la maestra se ve obligada a esperar para comenzar la clase.

Esta mañana, como todas las mañanas, Taya se prepara con la reina.
Quiere ponerse su vestido rosa con fresas, la corona violeta, el collar
amarillo, el brazalete rojo, el bolso de conchas y los zapatos de raso
violeta con hebilla de oro.

—No encuentro tu segundo zapato —dice la reina—, pero puedes
ponerte esos otros.
—No —dice ella sin mirar.
—Entonces coge las sandalias azules o los escarpines de lunares.
—¡No y no!
—¡Basta ya! Date prisa, que vamos con retraso.
—No. ¡No y no! Así no voy a la escuela —responde Taya
enfurruñada.

La reina se impacienta, cree que Taya exagera.

—Si te pones así, irás a la escuela en pijama.
La reina la coge por el brazo y la lleva a la
escuela.
Humillada, Taya patalea, llora, resopla, se
debate, tropieza y cae en el barro. Cuando llega
a la escuela, uno de los chicos se echa a reír:
—¡La princesa se ha equivocado de día, hoy no
es carnaval!

Taya tiene lágrimas en los ojos. La maestra, conmovida, sale en su ayuda con esta propuesta:

—¿Y por qué no? Doy por terminada la clase. ¡Que comience el carnaval!

Los niños están encantados. Apartan los cuadernos y los bolígrafos, se suben a la mesas, se maquillan y arrastran a Taya a un corro.

♪ ♪♪♪ No es martes de carnaval, ♪♪ pero todos somos reyes ♪♪ y hoy es fiesta real ♪♪♪

Taya se divierte y seguro que los niños ya no serán tímidos.

La reina no ha encontrado el zapato. Ahora Taya tiene quinientos vestidos, 999 zapatos y un montón de amigos.

Los regalos de Misato

Calouan - Evelne Duverne

Hace mucho tiempo, vivía un poderoso y respetado emperador. Pero cada atardecer, al ponerse el sol, ese gran hombre se desesperaba: no tenía hijos.

El emperador Hu Ling acababa de cumplir cuarenta años cuando su esposa le anunció que se había realizado el prodigio. Él siguió con atención cómo le crecía el vientre, y el primer grito de Misato al nacer produjo una gran dicha en palacio.

—¡Es una niña! ¡El emperador Hu Ling tiene una niña! Misato crecía rodeada de amor y de atenciones, y se iba convirtiendo en una linda niña de piel lechosa y fina, mejillas sonrosadas y cabellos relucientes, tan negros como el azabache.

Cuando tenía cuatro años, su mamá murió y Misato quedó tremendamente apenada. La niña se convirtió en el amor más preciado del emperador. Cada día se parecía más a su madre. Misato estaba orgullosa de su padre y lo amaba tiernamente, pero su corazón se había endurecido como la piedra.

Él la colmaba de regalos y Misato se volvió caprichosa. Como nadie le podía devolver a su mamá, ella imponía sus más increíbles antojos.

Cuando cumplió cinco años pidió un cachorrito de léon y tuvieron que ir hasta un lejano rincón del imperio para traerle ese animal. El cachorro de león pronto se hizo adulto y era peligroso dejarlo con Misato. Tuvieron que separarla del león.

Para su décimo aniversario Misato pidió un vestido bordado con rayos de sol. El emperador convocó a los mejores modistos. Éstos se trasladaron a la cima de la montaña más alta del imperio. Encaramándose unos sobre los hombros de otros, formaron una pirámide muy elevada. El que estaba más arriba levantó el brazo y atrapó un hilo de oro, arrancado con delicadeza al astro luminoso.

Los modistos habían conseguido un buen prodigio y la princesa tuvo su vestido bordado. Hu Ling, loco de alegría y de reconocimiento, los felicitó ampliamente. Sin embargo, la princesita se lamentó de que su madre no estuviera allí para admirar su espléndido vestido en la gran fiesta que se daba en su honor. Guardó para siempre ese traje dorado y todavía se encerró más en su tristeza.

La mañana del día que cumplía quince años, mientras Misato se paseaba por los jardines del palacio, contemplaba las delicadas rosas tan apreciadas por su madre. El sol, que se elevaba sobre los árboles, hizo brillar las gotas de rocío que se habían posado sobre los pétalos de las magníficas flores. La naturaleza parecía resplandecer, y ella volvió a sentir intensamente la salvaje belleza del momento.

Se dijo a sí misma que sería un maravilloso homenaje a su madre llevar al cuello un collar de esas perlas de rocío.

Entró precipitadamente en el palacio, despertó al emperador y le expuso su súplica. Hu Ling, enternecido, no pudo rehusar. Una vez más, los deseos de su hija le parecían imposibles de satisfacer, pero si eso lograba devolverle la sonrisa…

Al instante ordenó a sus mejores orfebres que fabricaran esa joya. Cada mañana, a la salida del sol, se dirigían a los jardines del palacio e intentaban en vano capturar esas perlas. El quinto día volvieron con las manos vacías.

—¿Dónde está la joya? —preguntó Hu Ling, temeroso de la respuesta que recibiría.

—Su Majestad sabe tan bien como nosotros que nadie puede fabricar un collar así —le dijeron los artesanos entristecidos.

Misato, decepcionada por no poder poseer la joya que había soñado, se encolerizó.

En ese momento apareció un anciano. Se adelantó hacia el respetado emperador y le propuso:

—Ya que la princesa Misato, hija única de su Alteza, desea ese collar, yo lo fabricaré. Pero con una condición.

—Todo lo que pidas, venerable anciano, será aceptado sin discusión —accedió el emperador sin tardanza.

—Como ese collar es un homenaje a la emperatriz difunta, ha de ser la princesa quien escoja las más preciosas perlas.

Tiempo le faltó a Misato para correr hacia el parterre de las rosas de los jardines de palacio a recoger las más bellas gotas.

En cuanto la princesa depositaba una en el cuenco de su mano, ésta se desvanecía inmediatamente. Lo intentó una y otra vez. Humillada, se volvió hacia el anciano que esperaba pacientemente a su lado.

—No lo conseguiré jamás. Las perlas de rocío se escurren entre los dedos en cuando las coges…

—¿Estás diciendo que es imposible fabricar una joya como ésa?

Misato tuvo que admitir, avergonzada, que efectivamente era imposible. Caían lágrimas de sus ojos. Le hubiera gustado que su madre hubiera estado allí para acurrucarse en sus brazos.

—¿Comprendes ahora, bella princesa, que no puedes pedir otros cosas imposibles?

Desde ese día, la princesa Misato se ha vuelto tan dulce como bella y se encarga, sonriente, del jardín de palacio. Desde entonces hay unas rosas sublimes, las rosas «Emperatriz», que florecen cada año en creciente abundancia.

Silencio, princesa Celia

Calouan - Jessica Secheret

En el reino de Doresi, la princesa Celia rompía los tímpanos de todo el mundo. Con su aguda voz, en cuanto abría la boca hacía huir a cuantos se cruzaban con ella.

—¡Buenos días, *amiiiiigo*! ¡Soy la princesa *Ceeeelia*!

A menudo, cuando ella hablaba, explotaban los cristales o las botellas de vino se partían en mil pedazos. Sin embargo, Celia era muy guapa y muchos pretendientes acudían a visitarla a su castillo. Pero cuando respondía: «*Síííí, Síííí, te quiero como mariiiiido*», el príncipe echaba a correr y se alejaba lo más posible de ella, dejándola abandonada.

El rey, su padre, estaba harto. Pidió consejo a los mejores médicos. Para suavizar el tono de su voz, Celia tomó una cucharada de miel de acacia con zumo de limón caliente diez veces al día.

—¡Hum... qué *deliiiicia*! ¡Me encanta la *mieeeel*!

También comía grandes bombones blandos para amortiguar la estridencia de sus palabras, pero pronto empezó a ganar peso y quedó desconsolada:

—¡Qué *fastiiiidio*! ¡Mirad cómo he *engordaaaado*!

Tuvo que dejar la miel y los bombones blandos, y se puso a régimen.

Le propusieron un profesor de canto para que aprendiera a modular la voz. El profesor se fue arrancando uno a uno los pocos pelos que le quedaban. No tuvo el coraje de perseverar…

—¡Ni me lo *creeeeo*! ¡Noto que *yaaaa* he *progresaaaado*!

Nuestro profesor tomó la partitura, la flauta y todo lo demás, y se largó para siempre.

A Celia le metieron un gato en la garganta. Sólo pensar que tenía que convivir con esa jovencita, el pobre temblaba. Se instaló en las cuerdas vocales de Celia que tosió, tosió y tosió:

—¡*Eeeerrr!* ¡*Eeeerrr!* ¡*Eeeerrr!* —vociferaba ella carraspeando e hipando durante todo el día.

Era ensordecedor. La única manera de hacerla callar fue expulsar al felino, que estaba muy nervioso.

—¡Por *fiiiin!* ¡Me he *curaaaado!* —suspiró la princesa.

Celia había recuperado su voz y tenía ganas de mostrarla.

—¡Amiiiigos, Ceeeelia ha vueeeelto!

¡Era demasiado! Distribuyeron tapones a todos y se los pusieron en los oídos. Decidieron colocar una mordaza a la niña para amortiguar sus sonidos.

—¡Mmmm! ¡Mmmm! ¡Mmmm!

Creyeron que por fin había llegado el silencio. ¡Uf! Podrían respirar. Los pájaros gorjeaban de nuevo. ¡El paraíso!

Pero Celia aullaba bajo su mordaza y pronto se puso tan roja que el rey tuvo miedo. Le quitó la mordaza de un tirón y se oyó entonces un ruidoso:

—Ya vale ¿*noooo*? ¡Dejadme hablar *tranquiiiila*!

Un nuevo pretendiente se presentó entonces en el castillo. Era muy apuesto y el rey esperaba que él salvaría el reino llevándose a su hija a otro lugar.

Cuando Celia aceptó su petición con un largo «¡Síííí!», todos
contuvieron la respiración, esperando que el presumido pretendiente huiría.
Pero por toda respuesta, un suave «¿cómo?» sorprendió a la bella princesa.
Máximo era sordo y no parecía afectarle el vozarrón de Celia.
La boda se celebró muy pronto. Y se sabe con certeza que vivieron felices
muchos años.

La princesa Locuela Monina

Corinne Machon - Virginie Martins

El rey Gudul vivía en perpetuo temor a un ataque enemigo. Su castillo estaba más que fortificado y centenares de centinelas montaban guardia día y noche.

Todos los ruidos estaban prohibidos. Habían inventado un singular sistema de defensa: un estuche provisto de un enorme botón rojo que, por simple presión, ponía en marcha una alarma y un plan de defensa contra cualquier ataque.

Estaban bien preparados.

Pero un buen día, la princesa Locuela Monina pasó por allí. Advertido al instante de su presencia, el gran jefe de armas le salió al encuentro y le entregó la lista de las condiciones que debía aceptar para ser recibida por el rey.

La princesa no sabía qué hacer. Se encogió de hombros.

—Vuestro rey Gudul es una calamidad. No echará a perder mis vacaciones, o sea que dejadme pasar o grito tan fuerte que sufrirá un ataque.

La palabra ataque llegó al instante a oídos del rey.

—¿Qué pasa? ¿Me atacan? ¿Dónde está mi botón rojo?

—Calmaos, Señor. Es la princesa Locuela Monina que viene de visita.

—¿La habéis registrado meticulosamente? ¿La habéis pasado por el detector de mentiras, de metales? ¿Habéis verificado si lleva una autorización especial, firmada, tamponeada y sellada?

—Majestad —dijo el jefe de armas en un arranque de coraje—, me temo que esa joven tiene un carácter que no es fácil amordazar.

—Aún no ha nacido el que sea capaz de prohibirme algo —cortó la princesa.

Al verla, a Gudul se le cortó la respiración.

¡Cuánta belleza, cuánta gracia! He aquí quién le transformaba de la mirada hasta los bigotes.

—¡Guardaos de ella! —gritó—. Atadla bien, yo me caso con esa joven en el acto en el mayor secreto para que no me la birlen.

—Calma, amigo —se indignó la princesa—. No acepto que me atéis, pero os he de confesar que os encuentro divertido. No estoy en contra de que cenemos juntos. Por ejemplo esta noche, a las siete…

Fue una cena maravillosa con un
guardia detrás de cada vela. A la hora de
los postres, el rey confió a la princesa sus
enfermizos miedos.

—Tengo miedo de que me quiten lo que poseo y por
eso hago que vigilen cielo y tierra, día y noche.
Incluso hago que registren debajo de mi cama…

—Vamos, vamos, cálmese un poco, amigo. Esta
noche seré yo quien lo registraré todo. Vamos, ya es
hora de que se ponga el pijama.

Locuela Monina despidió a los guardias. Acompañó al rey a su habitación y registró, como le había prometido, todos los rincones. Después, con una gran dulzura, le ayudó a meterse en cama, lo tapó bien y se acercó a abrazarlo.
El rey flotaba como dentro de una nube.

Pero he aquí que el pie de la bella princesa chocó con algo en lo que nadie pensaba: ¡el **botón rojo**!
Al instante una ensordecedora y aullante alarma resonó por todo el reino. Inmediatamente, el ejército salió en un espantoso desorden.

Cuando, al cabo de un momento, se dieron cuenta del error, vieron aterrorizados que un muro del castillo se había desplomado completamente. Era el muro de la cámara real.

Sentado en su lecho en compañía de la princesa, entre edredones vaciados de plumas, el rey ya no tenía miedo de nada, y los dos soltaban grandes carcajadas.

—Vida mía, yo tenía miedo de un ataque y, en cambio, has venido tú y has causado estragos en mi corazón.

—¿Quieres casarte conmigo?

La princesa aceptó y, desde aquel día, todos viven tranquilos. Los cañones y toda la artillería han sido alineados para dejar sitio a parterres de flores por donde todos pueden pasear tranquilamente. Y como han licenciado al ejército, los fieles guardias de su Majestad se han convertido en jardineros.

Regalo de madrina

Françoise le Gloahec - Cathy Delanssay

—¡Ya está! Hoy cumplo cinco años —exclama Chloé—.
Va a venir la madrina. Para darme un beso y comer el pastel
de aniversario.

—¿Y para traerte regalos? —pregunta Teo.

—Sólo tengo derecho a uno. Pero muy grande.

¡Y brillante! La madrina se lo ha dicho a mamá.

En ese preciso momento llega la carroza voladora.

La madrina se apea.

¿Dónde está el regalo? Chloé tiene mucha prisa.

Da saltitos sin parar, pero no se atreve a pedirlo.

Reclamar es de mala educación. Sobre todo entre las hadas.

Se han acabado los besos. Chloé se enfada.

La madrina lo ha entendido. De los pliegues de su vestido
color de luna

saca una cajita. Ligera como una pluma.

—¡Feliz aniversario, querida Chloé!

«El paquete es muy pequeño», piensa Chloé.
«No tendré una muñeca embrujada ni un caldero que
fabrique bombones.»
La niña tira de la cinta. Pero ésta se resiste.
Un poco más todavía.
Por fin Chloé desata el nudo y la cinta echa a volar.
Rasga el papel. Pero el papel se vuelve a enganchar.
—No se deja dominar —dice la madrina.

—Es MI regalo —se enfada
Chloé—. Déjamelo destapar.
Entonces el papel obedece. Se
abre, hace un pliegue. Miles de
estrellas escapan al instante.
—¡Un cofre! —grita Chloé—. ¡Oh,
se abre! ¡Es una varita mágica! Como
la tuya, madrina. Como la de mamá.
¡Genial! Soy el hada Chloé.

En el país de las Merlinitas

Calouan - Cathy Delanssay

En el país de las Merlinitas las flores son inmensas, multicolores, olorosas. Magníficas. Los árboles dan frutos carnosos, repletos de deliciosos zumos, de suculento néctar. Un verdadero regalo.

En el país de las Merlinitas hay animales por todas partes, grandes, marrones, negros, azules, blancos, pequeños, peludos, inflados, minúsculos, amables, tiernos, gruñones, voladores…

La vida es un paraíso en el país de las Merlinitas y sus habitantes son los más felices del mundo.

68

Pero desde hace algunos días, las flores inclinan la cabeza, los animales no corren, los árboles pierden las hojas y sus frutos no maduran.

Magdalena está inquieta. ¿Quién puede causar tanto daño para que la vida se vea asolada hasta ese extremo?

Magdalena es una niña a la que le gusta comer las frutas a mordiscos, que recoge enormes ramos perfumados para su madre y sale a correr con sus perros blancos. Es dulce, curiosa, maliciosa. Ama la naturaleza que la rodea y sabe que la vida es muy valiosa en el país de las Merlinitas.

Magdalena es hija de Zora y Huberto, la reina y el rey del país. Es una princesita feliz y quiere salvar su reino de la tristeza que lo invade.

No ve otra solución que llamar a Irimé, su dulce madrina. Irimé, el hada que vela por ella con tanta felicidad.

—Irimé, dulce madrina, desciende sobre las Merlinitas para que veas lo que me inquieta…

Dicho y hecho. Irimé se presenta al momento.

—Dime, querida niña, lo que te preocupa.

Magdalena se la lleva y le muestra los campos, los animales, las flores; le explica que ella no sabe por qué ocurre todo eso ni comprende cómo.

Irimé mira, observa, reflexiona… Es verdad, es preocupante.

Se agacha ante las flores y las acaricia. Se acerca
a los troncos de los árboles y los escucha.
Acaricia el ocico de algunos perros y los huele.
—A todos les falta calor. Tiemblan, tienen frío,
necesitan más sol…

Irimé y Magdalena miran al cielo
y buscan el astro solar que normalmente
despide mil rayos. Sí, una gran nube
gris tapa el resplandor del sol.
Magdalena tirita…
Irimé sonríe.
Se ocupará de ese gran nubarrón
grisáceo que se ha
posado sobre el país
de las Merlinitas.
Bate sus alas y llega hasta
él. Irimé lo toca con su varita
mágica y lo vuelve más ligero.
Convertido en blanco y vaporoso, va al
encuentro de sus primos que se alojan
al fondo del valle.
Aquí, en el país de las Merlinitas,
todos necesitan el sol, su calor, sus
rayos. La nube lo ha entendido bien.
Irimé se lo agradece. El sol reaparece
más luminoso que nunca.
¡Gracias, Irimé!

En el país de las Merlinitas las flores son de nuevo inmensas, multicolores, olorosas. Magníficas.

Los árboles dan frutos carnosos, repletos de deliciosos zumos, de suculento néctar. Un verdadero regalo.

En el país de las Merlinitas hay animales por todas partes, grandes, marrones, negros, azules, blancos, pequeños, peludos, inflados, minúsculos, amables, tiernos, gruñones, voladores…

La vida ha vuelto a ser un paraíso en el país de las Merlinitas y sus habitantes son los más felices del mundo.

Isabela, la cabra

Corinne Machon - Jessica Secheret

Había una vez un viejo rey muy rico y muy feo. Era tan avaro que nunca calentaba su castillo, de manera que siempre estaba acatarrado, lloroso y no cesaba de resoplar. Ese viejo cascarrabias no se sentía seguro permaneciendo soltero y eso le inquietaba mucho. Sabía que, si moría sin heredero, todos los bienes volverían al pueblo, lo que él no quería.

Un día de madrugada decidió salir a recorrer el país en busca de una mujer que le conviniera.

Yendo de camino, vio a una bella joven, con una cabra a su lado, a punto de comenzar a trabajar en el campo. Se escondió rápido tras un matorral y sacó sus prismáticos para observarla mejor.

«Es bella y trabajadora», pensó. «Una vez casada, podrá trabajar para mí sin que me cueste nada.»

Fue a buscar a su viejo mayordomo y lo condujo tras el matorral.

—Mira esa muchacha. Vete a visitar a sus padres y diles que les hago el inmenso honor de que sea mi mujer.

76

Pero, mientras tanto, la joven campesina había ido a buscar agua al pozo para la cabra.

—¿Qué muchacha? —preguntó el mayordomo—. No veo ninguna muchacha.

—¡Mírala con los prismáticos, tonto! Está allí, en pleno campo. No hay nadie más que ella. ¿La ves o no?

El pobre mayordomo, que ya estaba harto de recibir garrotazos y que detestaba al rey, hizo una señal con la cabeza.

—Sí, sí, ya la veo, Señor.

—¿Ves qué bella y qué fuerte es? —le preguntó el rey resoplando.

—Sí, sí —dijo el mayordomo viendo a la cabra pacer—. La veo, Señor.

—Entonces, corre a casa de sus padres, date prisa y vuelve con una buena noticia. De lo contrario, recibirás cien bastonazos.

Durante el camino, el mayordomo pensaba: «El constipado le habrá subido a la cabeza, seguro. Pero una cabra es todo lo que merece».

Cuando llegó a la granja, encontró al campesino y a su hija.

—Ya hemos pagado nuestros impuestos —comenzó a gritar éste en cuanto lo vio—. No tenemos nada más, o sea, que ¡largo!

—Por favor, no vengo por eso.

—Entonces ¿a qué viene?

—¿Cómo se llama vuestra cabra?

—Isabela —dijo el granjero—. Pero es nuestra, no se la queremos dar la rey.

—No se trata de una donación, sino de un matrimonio. Su Majestad se quiere casar con vuestra… humm… en fin, con la señorita Isabela.

El campesino miró a su hija y los dos se echaron a reír.

—Os lo ruego —dijo el mayordomo en tono suplicante—, no me digáis que no. Si no, el rey me molerá a bastonazos. Mis viejas espaldas no lo soportarían. La ceremonia tendrá lugar mañana y, unas horas antes, la ayuda de cámara de Su Majestad vendrá a vestir a la… la futura esposa. Se rieron pero, como detestaban al rey, aceptaron concederle la mano de su cabra.

El rey, extasiado, se limpió su gran nariz y dijo con orgullo:

—Mañana despido al jardinero. Mi mujer ocupará su lugar en el jardín.

Al día siguiente por la mañana, como estaba previsto, la ayuda de cámara del castillo fue a vestir a la futura esposa. Quedó muy turbada al verla pero, como ella odiaba al rey, experimentó un gran placer al hacer su trabajo con esmero y no olvidó detalle.

Isabela la cabra era de carácter dulce y todo resultó fácil. Se dejó vestir y le pusieron una bonita corona de flores sobre su cabeza. Sólo faltaba llevarla al castillo.

De resultas de su escapada matinal, el constipado del rey llegó a ser monstruoso. Para él, el mayordomo era el responsable de todo. Sentado en el trono con el dorso completamente encorvado, el rey iba respirando vapores de eucalipto con la cara tapada bajo una toalla para que éstos no escaparan.

—¿Quiere aplazar la ceremonia? —preguntó cortésmente el anciano mayordomo.

—Hay que terminarla —dijo el rey entre toses, a punto de asfixiarse—. Que se acabe y podré irme a acostar.

De esta manera, un bonito día de primavera, la cabra Isabela se convirtió en la legítima esposa del rey. Y las últimas palabras del maestro de ceremonias fueron las de todas las bodas:

—¡Ya puede abrazar a su esposa!

El rey cascarrabias levantó su toalla y pegó sus labios a los de Isabela. Inmediatamente, abrió unos ojos como platos y lanzó un terrible grito al descubrir que su mujer tenía cuatro patas, una barbita y que mordía sus encajes. Le dio un ataque de corazón y cayó muerto. Todos aplaudieron a la nueva reina que se estaba comiendo su ramo nupcial.

¿Y sabéis qué es lo que se cuenta? Que todos los bienes del rey fueron repartidos. La reina Isabela vivió muchos años. Cada día pacía en el césped del castillo. Su leche era dulce y perfumada y, por esto, con ella se hacían los más maravillosos quesos, regios, naturalmente.

La fiesta de las hadas

Calouan - Oreli Gouel

En el país encantado hoy es la fiesta. La fiesta de las hadas. Todos están tranquilos, saltarines y alegres. Bernabé, el pequeño duende, ha tomado su flauta y se ha puesto a tocarla. Maturín ha decidido acompañarlo con el tamboril. Eduardo ha empuñado su banjo.
Y Alfonso dirige el baile. ¡Es fantástico!
Los pájaros han sacado su mejor voz para entonar mil bellos cantos.
Multitud de notas musicales mariposean por el aire.
Melinda, la bella luciérnaga, ha iluminado el cielo. Sus dulces amigas han hecho una guirnalda fluorescente que brilla de árbol en árbol.

83

Las abejas han preparado una de sus más sabrosas mieles que Noel, el oso gruñón, unta sobre el pan tostado. Es el manjar preferido de las hadas. Seguro que éstas quieren darse el gusto de probarlo. Las abejas zumban alrededor de Noel, orgullosas de su néctar dorado. Vigilan si ese goloso come demasiado. Ya está bastante gordo.

Manzanas de caramelo decoran las grandes mesas.
Los blancos manteles están repletos de sabrosos
postres. Se huele el perfume de grandes flores.
Es un verdadero festival de colores. Los ratoncitos
han recogido perlas de noche, perlas de la lluvia,
perlas de locura y fabrican magníficos collares
que quieren colgar del cuello de las hadas.

Las hadas han
colocado sobre sus
cabezas coronas de espino
blanco y cintas que aureolan
su cabellera trenzada. ¿Todos
están preparados? La fiesta
puede comenzar. ¡Venid,
estáis invitados!

Aurora, Julia, Serina, Lison
y todas las pequeñas hadas calzan
sus bonitos zapatos cubiertos de cascabeles
dorados. Se ponen a bailar y las delicadas
campanillas no cesan de tintinear a sus
pies. De repente, resuena un redoble de
tambor: todos atentos…
Melinda resplandece más bella que nunca.

Aurora se adelante, fastuosa:

—Os hemos convidado a esta fabulosa fiesta para celebrar la boda de la bella hada Yaliba con nuestro elfo poeta Herbert.

Y en medio de una aureola de luz de estrellas, Yalina aparece del brazo del altivo Herbert. Sus alas están bordadas con mil piedras preciosas y su vestido de hilo de seda blanco es tan vaporoso que podría echarse a volar al primer soplo de aire. Herbert resplandece, enamorado. Ya hace tiempo que ama a esa bella hada y está feliz de casarse hoy con ella.

Todos aplauden a los recién casados.

Todas las hadas juntas depositan a los pies de
su amiga un ramo hecho de flores de felicidad, de flores
de alegría, de flores de eternidad y de flores de amor.
Al final de la velada, las pequeñas hadas no están
fatigadas y se juntan para bailar una gran farándula.
Bernabé, Maturín y Eduardo están en la orquesta. Pronto
llega la noche y hay que retirarse.
Es la hora de que también nosotros nos
vayamos a acostar. Nos vamos con la cabeza
llena de recuerdos de esta bella
fiesta de las hadas.

El hada Harmonía

Mireille Saver - Jessica Secheret

En el reino de las hadas, Harmonía es la más bella y más gentil de todas las jóvenes hadas. Pero también la más atolondrada. Olvida todas las fórmulas mágicas, salvo una, su preferida, la que convierte los sapos en príncipes.

Cada tarde, al regresar de la escuela, transforma a todos los sapos con los que se cruza por el camino. Harmonía da tres vueltas sobre sí misma, bate las alas y recita divertida:

—¡Clararifuente! ¡Que este sapo feo se transforme en un príncipe que dé gusto verlo!

Por desgracia, las ranas no están satisfechas y se quejan
al rey de las hadas:
—Por culpa de Harmonía nos hemos
quedado sin marido.
El rey se da cuenta pronto de que cientos de
príncipes acuden a llamar a su puerta.
—No hay princesas suficientes en vuestro reino.
¡Qué escándalo! —dicen los príncipes—. Por
culpa de Harmonía.

El rey convoca entonces a Harmonía
y le ordena que devuelva inmediatamente
a todos esos príncipes su forma de sapo.

Pero he aquí que la pequeña hada Harmonía ha olvidado completamente la fórmula mágica. Con todo, desea corregir su error. Se acerca a un príncipe, da tres vueltas sobre sí misma, bate las alas y dice:

– ¡*Clapatomitana*! Que este príncipe de bella capa se convierta en sapo aunque no tenga ganas.

Al instante, el príncipe se transforma en... olla.

Enloquecida, Harmonía busca a otro príncipe e intenta sin éxito recordar una fórmula, y después otra y otra.

En cuestión de minutos, decenas de objetos de todo tipo saltan y gritan a su alrededor. Alertado por este estruendo, el rey de las hadas acude en su ayuda y todo queda en orden. Pero desde ese día, Harmonía no pronuncia fórmulas mágicas.

Sin embargo, una noche, se encuentra con un príncipe montado sobre un magnífico caballo blanco. Harmonía comprende enseguida que es un verdadero príncipe, no un sapo transformado en príncipe.

—¿No hay princesas en este reino? No las veo —dice.

Harmonía acaba de aprender la fórmula que convierte los ratones en princesas. Por suerte, una ratoncita se esconde bajo una hoja. Pero en el momento de pronunciar las palabras mágicas, Harmonía duda… Teme equivocarse.

—Estoy desconsolada —tartamudea Harmonía—. Soy tan atolondrada...
—No importa —dice el príncipe—. Quiero buscar mi princesa yo mismo.
Éste parece tan infeliz que la pequeña hada da tres vueltas sobre sí
misma, bate las alas y murmura claramente:
—¡Abrocochiba! Que esta ratita temerosa se convierta en una princesa
graciosa.

Al instante, la ratita se transforma en princesa. Poco después, bajo la mirada satisfecha del hada Harmonía, un príncipe y una princesa se alejan sobre un espléndido caballo blanco.

—¡Hurra! —grita Harmonía—. Tal vez soy atolondrada, pero lo he conseguido... ¡hurra!

El amor de Violina

Calouan - Évelyne Duverne

Violina era una pequeña hada dulce y ágil. Con su cola de dragona y sus pequeñas alas sobre su espalda de mujer, se aparecía muy raramente a los humanos, que hubieran tenido miedo. Violina no quería asustar a nadie.

Cada día, hacia el anochecer, salía de su retiro e iba a la llanura. Allí bailaba la más embrujadora de las danzas. Daba vueltas y más vueltas durante horas, infatigable, desgranando extrañas músicas que embelesaban la naturaleza.

Una noche, sin embargo, nuestra dragona mágica tuvo un visitante. Ella continuó danzando, majestusoa y ligera. Su música era más lánguida que nunca, y Benito se enamoró de ella inmediatamente.

El joven no podía apartar su mirada de esa criatura tan delicada y a la vez tan extraordinaria que giraba sin cesar ante él. Amaba a esa criatura celestial y la amaría siempre. ¿Le sería posible algún día acercarse a ella y hablarle? ¿Comprendería ésta su lenguaje?

Volvió a su casa como un autómata y ya no tuvo otro pensamiento que Violina durante los días siguientes. ¿Quién era? ¿De dónde venía?

Violina había invadido todo su espíritu. No soñaba en otra cosa que en ella, sólo vivía para volver a verla.

Oculto tras un gran olmo, cada tarde observaba sin ser visto al hada medio mujer, medio dragona. Y guardaba su secreto en el fondo de su corazón.

Una tarde, llegó antes que de costumbre y dejó un papelito en el que había escrito:

«Bella joven, mi corazón sólo late para vos. Os amo.»

Espió cada movimiento del hada y esperó pacientemente a que encontrara el mensaje. Pero el viento sopló aquella tarde más que de costumbre y el papel se fue por los aires antes de que Violina descubriera su presencia.

Bella joven...

Benito estaba desesperado. Todo estaba perdido.
Volvió a su casa más infeliz que nunca, roto su
corazón en mil pedazos. Si la naturaleza se aliaba
contra él, es que ese amor era imposible.

Sin embargo, el viento es un pícaro.
Mientras nuestro joven lloraba de regreso, el viento
plantó en pleno pecho del hada un mensaje.
Violina se detuvo turbada y lo descifró. Un hada es
una especie de maga, y desde hacía largo tiempo
ella había detectado la presencia de Benito.

Era el primer hombre que la descubría y no había
osado acercarse. Ella iba comprobando hasta qué
punto era afable y respetuoso. Sin confesárselo,
había acudido cada tarde esperando que él
estuviera allí.

Por fin, le había declarado su amor. Entonces lo llamó:
—Ven, cariño, sal a mi encuentro.

Benito regresaba triste y decepcionado. El viento sopló
súbitamente tan fuerte que el joven bajó la cabeza
para encararlo. Un murmullo llegó hasta su oído:
—Ven, cariño, sal a mi encuentro.

Benito reconoció la voz de la que bailaba cada tarde
hasta marearlo, aquella a la que amaba más que a
nadie en el mundo. Entonces, sin dudarlo, corrió hacia
la llanura y vio a su hada que lo esperaba con los
brazos abiertos.

—Pero ¿cómo es posible? ¿Quién…
quién eres realmente? —farfullaba
él, y Violina sonreía.

«Soy un hada. Me llamo Violina. Conozco tu nombre y sé de dónde vienes. Pero yo no puedo amarte así. Sin embargo, si tu amor es sincero, puedes encontrarme en mi mundo encantado... ¿Estás dispuesto?»

Benito estaba dispuesto. Poco importaba en quién se iba a convertir o más bien en «qué» se iba a convertir. Para él sólo contaba una cosa: vivir con Violina.

Desde entonces, pueden verse todas las tardes sobre la llanura dos seres fantásticos: dos criaturas medio humanas, medio dragones que danzan al son del caramillo. Enamorados y plenamente satisfechos, se elevan y se abrazan...

Una pícara hada

Mireille Saver - Oreli Gouel

Maude es una encantadora pequeña hada del bosque. Vive en un agujero de un roble con su padre y su madre. Como todas las hadas, Maude ha de ir a la escuela para convertirse a su vez en una maga reconocida.

Pero esta mañana, Maude se siente tan bien, calentita y acostada en la cáscara de nuez que le sirve de lecho, que ha decidido no ir. Por esto se hace la enferma. Se hunde en su colchón de plumas de gorrión y grita:

—Mamáaaa, me duele la cabeza…

Su madre corre a su cabecera y le toca la frente.

—Voy a traerte una buena taza de gotas de rocío y te curarás muy pronto —le dice su madre.

Maude bebe todo el contenido de la taza y come también algunas fresas del bosque.

—¿Estás mejor? —le pregunta su madre.

—Todavía tengo algunas molestias —responde Maude con una voz muy débil.

—No te preocupes, querida, en cinco minutos ese desagradable mal de cabeza te pasará —le dice su madre, tranquilizadora, antes de volver a la cocina.

A Maude no le gusta esa idea. Si se cura en cinco minutos todavía estará a tiempo de ir a la escuela de las hadas. Entonces hace una horrible mueca y grita:

—Mamáaaa, tengo dolor de vientre y mis alas están arrugadas.

Su madre llega lo más rápido que puede
y pone las manos sobre su vientre.
—¿Te duele aquí?
—¡Síiii!
—¿Y ahí?
—¡Síiii!
—Bueno, creo que hoy te tienes que quedar en la cama
—concluye su madre—. ¿De acuerdo?
—Oh, sí —responde Maude, subiéndose su manta de
pétalos de rosa hasta las orejas.

Maude está encantada de su picardía. Qué felicidad pasar el día sin hacer nada. Es tan enojoso aprender de memoria fórmulas mágicas. Hay un montón que retener. La fórmula que permite transformar un cuervo en elefante: «Ramasi patacorta clafutis ceclomeca». O la que hace salir el sol: «Escaroli mujiba salitoi». O la que hace caer las naranjas: «Superico baragui, y etcétera». O las que comienzan por «abracadabra».

Es una lástima que no haya ninguna fórmula para impedir que la escuela abra sus puertas.

Maude no quiere pensar en frases mágicas, desea quedarse todo el día sin hacer nada. No obstante, es muy enojoso no hacer nada y, al cabo de unos minutos, ya no puede estarse quieta. En ese preciso momento, dos pequeñas hadas llaman a su puerta. Son Lilí y Zoé que vienen a buscarla para ir a jugar a la fuente. Maude oye que su mamá les dice:

—Estoy desconsolada. Maude tiene dolor de vientre y sus alas están muy arrugadas. No puede ir a jugar con vosotras. Adiós.

Maude no entiende nada. ¿Por qué Lilí y Zoé no
están en la escuela?
La pequeña hada llama a su madre:
—¡Mamáaa, ya estoy curada! ¿Puedo ir a jugar
con mis amigas?
—Pobrecita —dice mamá—, pasar un miércoles
en la cama maldita la gracia que hace, pero debes
quedarte en un lugar cálido. Es lo más prudente.
Mañana hay clase.
—¿Qué? ¡No es posible!
Maude había olvidado que era miércoles y que
los miércoles la escuela de hadas está cerrada.

Ficelle y el brebaje mágico que hace crecer

Mireille Saver - Dorothée Jost

«Hoy debo inventar la mejor poción mágica para el gran concurso anual de las hadas», se dice Ficelle. «Si lo gano, conseguiré alas de seda blanca.»
Para ese concurso Ficelle ha decidido cocer a fuego lento un nuevo brebaje mágico que tiene extraordinarios poderes.

«En mi caldero he de poner
O-BLI-GA-TO-RIA-MEN-TE
plumas de cuervo que den fuerza al brebaje,
un caparazón de tortuga que le dé belleza,
una pata de conejo, inteligencia, una oruga
verde bien gruesa, salud, y por fin un
poquito de polvos mágicos.»

Pero en el reino de las hadas tampoco es fácil atrapar un conejo, y aún menos un cuervo. Y en cuanto a tortugas y orugas, Ficelle no había ni rastro de las mismas.

Ficelle reflexionó. Si esos animales tienen poderes, es gracias a la alimentación.

«Los conejos comen zanahorias, por tanto necesito zanahorias. A los cuervos les gusta picar los tomates, por tanto necesito un tomate.

Las tortugas disfrutan con las peladuras de patata, por tanto necesito patatas.

Las orugas comen coles, por tanto necesito una col.»

Ficelle pasó el día buscando todas esas verduras. Después las puso a cocer en un caldero. Añadió un puerro y dos nabos.

Al día siguiente, todas las pequeñas hadas que querían conseguir alas de seda esperaban pacientemente su turno para presentarse al jurado. Ficelle llevaba su caldero con mucho esfuerzo.
Por fin llegó su turno. La esperaban hadas de maravillosas alas.
Estaba el hada Viviana, el hada de las Fuentes, el hada Azul y el hada del Bosque. Y también el hada Jibosa, el hada Sonaja, el hada Vinagre y el hada Gris.

—Hada Ficelle, acércate —ordenó el hada Jibosa.
Ficelle, diminuta hada con alas de papel crepé, se acercó bastante insegura…

Al presentar su caldero lleno de un líquiso untuoso y perfumado, Ficelle farfulló:

—Es un nuevo brebaje mágico.

—¿Para qué sirve? —preguntó el hada de las Fuentes.

—¿Para qué sirve? —repitió atolondradamente Ficelle, pues no lo había pensado.

En ese momento se sintió tan insignificante que respondió sin reflexionar:

—Hace crecer a los niños.

El hada Azul sonrió:

—Tú también deberías beberlo, pequeña hada Ficelle.

—¡A quién se le ocurre hacer un caldero tan grande! Pero ya que estamos aquí para probar, probémoslo... —gruñó el hada Jibosa.

Una a una los hadas metieron su cuchara en el caldero. Tomaron algunas gotas y después repitieron una y otra vez hasta que el caldero quedó vacío.

—Es bueno —dijo el hada Viviana.
—¡Qué delicia! —añadió el hada Sonaja.
Incluso el hada Jibosa dijo:
—¡Hum..., no está mal!
Las otras menearon la cabeza visiblemente encantadas.

Al final de la tarde, la pequeña hada Ficelle llevaba con orgullo sus nuevas alas de seda. Su brebaje mágico había gustado mucho a los miembros del jurado. Pero, además de haber conseguido sus alas, acababa de ser designada mejor cocinera del año.

Las tres pequeñas hadas

Calouan - Évelyne Duverne

En ese mundo encantado hay tres hadas, Gersenda, Domitila y Basilisa, por llamarlas de alguna manera. Atentas y aterciopeladas, todos las adoran.

Se las ve volar siempre juntas y sonrientes. Allá por donde pasan brilla la felicidad. Con su varita mágica, siempre están dispuestas a… embellecer la vida, a aliviar las envidias, a suavizar las preocupaciones.

Hablemos de Gersenda...

Desembarcó en una noche de invierno; venía de Nueva Zelanda.
Había caminado durante mucho tiempo, pasito a paso, hasta el
confín de la tierra.
Quería ver aquel país del que le habían hablado tanto: Holanda.
Aunque parezca curioso, allí reinan las más fabulosas leyendas:
frioleras, minúsculas, fantásticas, aciduladas, extensas.
Historias de quesos de los mejores sabores,
de flores de pétalos de mil colores
que plantan en los parterres.
Ella sabía que, en ese país mágico,
se convertiría en golosa, gordita... y dulce.
Cada mañana, come pequeños
bizcochos crujientes de almendra.
Después de lavarse y peinarse, se pone en la nuca
dos gotas de esencia de lavanda.
Y alrededor del cuello,
mil collares de colores en en forma de guirnalda.
Ésta es el hada Gersenda.

La más pequeña es **Basilisa**...

La más pequeña, ciertamente,
pero no la menos maliciosa.
Sus pequeñas alas tan finas y tan delicadas
parecen dos hélices.
No es novata en acrobacias.
Batiendo sus frágiles alas
vuela en auxilio de los más infames suplicios,
de los más peligrosos maleficios.
Desde niña no ha podido
soportar la injusticia.
Está tan maravillosa con
su vestidito color narciso,
con las perlas de luna posadas sobre
sus largos cabellos tan lisos...
Esta bonita hada es servicial,
atenta y maternal,
como una nodriza de verdad.
Prepara sabrosas cremas, ricas delicias.
Pero su mayor placer es comer durante
todo el día bombones perfumados
de regaliz o de anís.
Así es Basilisa.

No me olvidaré de Domitila.

¿Me atreveré a decir
que es la más afable, la más gentil?
Cuando se nos acerca
podemos ver sus bellos ojos que siempre brillan
y sus labios nacarados que apenas se maquilla.
En su gran moño que enrosca sobre su cabeza
coloca dos agujas.
Disfruta de las sabrosas cremas de Basilisa,
sobre todo las de vainilla.
Las lame suavemente con la lengua
para disfrute de sus papilas.
Esta pequeña hada, siempre alegre, siempre bulliciosa,
se mueve y salta sin parar.
Pero desde hace algunos días, va un poco coja.
Haciendo cabriolas con las estrellas, se ha torcido el tobillo.
Valiente y juguetona, no quiere parar quieta
por lo que ella llama una pamplina.
Para ayudarse, se resiste a utilizar las muletas
y prefiere servirse de los buenos deseos
que esparce a su alrededor.
¡Bendita hada Domitila!

Ahora que las conocéis, las reconoceréis sin dudar.
Pero sobre todo mantened los ojos cerrados,
porque estas pequeñas hadas quieren concederos
vuestros anhelos más deseados.